MY WORDS HAVE POWER
MIS PALABRAS TIENEN PODER

WRITTEN
BY

KRYSTLE BRADLEY

ILLUSTRATED
BY

GEORGE KELVIN.E

Dedication
· · · · · · · · · ·

To my dad: I truly understand why you were a man of few words when you were upset. I will forever remember your words and our all nighters. I miss you everyday!

To my mom: 1st Thessalonians 4:11

To my sister: You were always the outspoken one, ALWAYS!

To my brother: The one who is most like me. Thank you for encouraging me to speak up when necessary.

To every person who reads this book always remember:

~Words have power, they create our world, shape our beliefs and what we see.

~Words have power, use them wisely.

Be responsible and mindful of what you say. Sometimes it is not what you say, but how you say it.

Before you speak, remember this:

My words have power, I must watch what I say.

Dedicación

A mi papá: Realmente entiendo por qué eras un hombre de pocas palabras cuando estabas molesto. Siempre recordaré tus palabras y todas nuestras noches. ¡Te extraño todos los días!

Para mi mamá: I de Tesalonicenses 4:11

A mi hermana: ¡Siempre has hablado con franqueza, SIEMPRE!

Para mi hermano: El que más se parece a mí. Gracias por animarme a hablar cuando sea necesario.

Para cada persona que lea este libro, recuerde siempre:

~ Las palabras tienen poder, crean nuestro mundo, moldean nuestras creencias y lo que vemos.

~ Las palabras tienen poder, úsalas sabiamente.

Sea responsable y consciente de lo que dice. A veces no es lo que dices, sino cómo lo dices. Antes de hablar, recuerde esto: Mis palabras tienen poder, debo tener cuidado con lo que digo.

My Words have power, I must watch what I say.
Before I speak, will it change the day?

Mis palabras tienen poder, debo cuidar lo que digo.
Antes de hablar, ¿cambiará el día?

When I'm happy and smiling too,
I will speak and say, "Good Morning" to you.

Cuando estoy feliz y sonriente también
Te hablaré y te diré "buenos días".

If I've had a rough morning, my face shows a frown,

I'll walk right pass you and keep my eyes looking down.

You speak to me with a cheerful" hey",

and I keep walking, did I make your day?

Si he tenido una mañana dura mi cara muestra un ceño fruncido

Paso por delante y mantengo mis ojos mirando hacia abajo.

Me hablas con un saludo alegre

Y sigo andando ¿Te hicetu día?

Please, Thank You and May I are manners I like to use.

Nice? Kind? Rude? Disrespectful? It's up to you to choose.

Por favor, gracias, y que sean los modales que me gusta usar.

¿Bueno? ¿Amable? ¿Grosero? ¿Irrespetuoso?

Depende de ti elegir.

My Words have power, I must watch what I say.

Before I speak, will it change the day?

Mis palabras tienen poder, debo cuidar lo que digo.

Antes de hablar, ¿cambiará el día?

I love your hair! I like your shoes.

That's a cool shirt you chose wear.

Are you okay? Do you need help?

Words also show you care.

¡Amo tu cabello! Me gustan tus zapatos.

Qué camisa tan atractiva eliges llevar.

¿Estás bien? ¿Necesitas ayuda?

Las palabras también muestran que te importa.

I'm sad. The tears won't stop.

I don't feel good today.

I hope you feel better, hang in there are

some things we could say.

Estoy triste. Las lágrimas no se detendrán.

No me siento bien hoy.

Espero que te sientas mejor, espera hay

algunas cosas que podríamos decir.

14

My Words have power, I must watch what I say.

Before I speak, will it change the day?

Mis palabras tienen poder, debo cuidar lo que digo.

Antes de hablar, ¿cambiará el día?

Stupid. Ugly. Mean. Those words are not kind.

I can express myself by saying nice things.

What words can I find?

Estúpido. Feo. Significa que esas palabras no son amables.

Puedo expresarme diciendo cosas bonitas.

¿Qué palabras puedoencontrar?

No matter how I feel or what mood I'm in,

I should always choose nice words and words that don't offend.

No importa cómo me siento o en qué estado de ánimo estoy,

Siempre debería elegir palabras bonitas y palabras que no ofendan.

So remember your words have power, you must watch what you say. Before you speak those words out loud, will it change someone's day?

Así que recuerda que tus palabras tienen poder, debes cuidar lo que dices. Antes de pronunciar esas palabras en voz alta, ¿cambiará el día de alguien?

About the Author

Krystle Bradley is the founder of Brave University, a nonprofit organization that aims to end the bullying epidemic by teaching students about cultural sensitivity and how to celebrate one another's individuality. She is an author, mentor, public speaker and educator. Krystle is a graduate of North Carolina A&T and a member of Delta Sigma Theta Sorority, Incorporated. She believes in seeing the good in everyone she meets; and in her spare time, enjoys singing, reading, writing, bowling and spending time with family.

Sobre la Autora

Krystle Bradley es la fundadora de Brave University, una organización sin fines de lucro que tiene como objetivo poner fin a la epidemia de intimidación al enseñar a los estudiantes sobre la sensibilidad cultural y cómo celebrar la individualidad de los demás. Es autora, mentora, oradora y educadora. Krystle se graduó de North Carolina A&T y es miembro de Delta Sigma Theta Sorority, Incorporated. Ella cree en ver lo bueno en todos los que conoce; y en su tiempo libre le gusta cantar, leer, escribir, jugar a los bolos y pasar tiempo con la familia.